Theo von Taane

Das Wars-Star Witze Buch Band 2

Zwischen Autor dieses Buches und den Machern von Star Wars oder einer deren Tochterunternehmen besteht keinerlei Verbindung. Dieses Buch ist durch die Macher von Star Wars oder eine deren Tochterunternehmen weder genehmigt, noch unterstützt und auch nicht mit diesen Parteien in irgendeiner Weise verbunden.

Bibliografische Information der Deutschen Nationalbibliothek:
Die Deutsche Nationalbibliothek verzeichnet diese Publikation in der Deutschen Nationalbibliografie; detaillierte bibliografische
Daten sind im Internet über http://dnb.dnb.de abrufbar.

© 2016   Theo von Taane; 1. Auflage
Covergrafik © Theo von Taane

Herstellung und Verlag: BoD – Books on Demand, Norderstedt

ISBN: 9783741249587

WITZEKATEGORIEN   Seite

Jedi-Meister offenbart Geheimnis der Macht: „Vor Gegner immer <u>MÄCHTIG</u> Angst du haben musst!"   **S. 7**

Darth Vader Geständnis: „Als Kind war ich eine Naschkatze!"   **S. 11**

Die Forschung staunt: **Ewoks** genetisch verwandt mit Kapuzineräffchen!   **S.16**

Lese-Rechtschreibschwäche: **Prinzessin** heiratet Ananas statt Anakin!   **S.21**

Das **Imperium** sieht schwarz – Die dunkle Macht ist überall!   **S.23**

Wahnsinn! **Jawas** lösen Kutten Modetrend unter den Jedis aus!   **S.28**

Unbekannte Lebensform im Gehirn von **Jar Jar Binks** entdeckt!   **S.30**

Skandal! **C3PO** wechselt zur dunklen Seite der Macht!   **S.33**

Aufgedeckt! **Klonkrieger** – alles nur Spiegeltrick?   **S.36**

Obi Wan: 1000+1 Verwendungszwecke für Lichtschwerter!   **S.38**

Lonely hearts: **Boba** sucht Fett! **S.40**

Saure Gurkenzeit auf **Tatooine** – Jedis helfen bei Spargelernte! **S.41**

Hilfe! Eisbombe auf **Hoth** sprengte Kühlschrank der Rebellen! **S.43**

Jedi macht sich selbständig: „**Luke** Todesstern Zerstörung Services GmbH!" **S.45**

Planetarische Abenteuer! Kleiner Mond kreist um Jabba! **S.53**

Jedi-Meister offenbart Geheimnis der Macht: „Vor Gegner immer <u>MÄCHTIG</u> Angst du haben musst!"

Frage: Wie bezeichnet man den besonderen Geisterzustand von alten Jedis?

Antwort: Alzheimer.

-

Frage: Welche Art von Essen mögen Jedis?

Antwort: Round table Pizza.

-

Frage: Was ist das Lieblingsspielzeug von Jedis?

Antwort: Ein yo-yoda

-

Frage: Was waren die letzten Worte des Padawans?

Antwort: "Meister, selbstverständlich weiß ich, wo beim Lichtschwert die Laserklinge rauskommt!"

-

Und dann war da noch Frank der sagte:

„Automatische Türen lassen mich fühlen als wäre ich ein Jedi..."

-

Frage: Wie nennt man einen mexikanischen Jedi?

Antwort: Obi-Juan Kenobi

Frage: Warum sind Ärzte die besten Jedi?

Antwort: Weil ein Jedi Geduld haben muss.

—

Frage: Was sagte der Jedi zu Obi-Wan als sie auf der Rennstecke wetteten?

Antwort: „Möge das Pferd mit dir sein."

—

Frage: Warum sehen Jedi Knights so gut?

Antwort: Sie haben ‚Knight'-Vision.

—

Frage: Was nutzen Jedis um pdf-Dateien anzuschauen?

Antwort: Adobe Wan Kenobi

—

Frage: Was erhält man wenn man einen Zauderer mit einem Jedi kreuzt?

Antwort: Ein Jed-lag.

—

Frage: Warum ist dieses Buch so kurz?

Antwort: Einige Witze müssen erst noch ‚jeditiert' werden.

—

Frage: Was ist noch schlimmer als ein Elefant in Porzellanladen?

Antwort: Ein Jedi in der Droidenfabrik des Imperiums!

-

Darth Vader Geständnis: „Als Kind war ich eine Naschkatze!"

Einem Offizier des Imperiums ist es nicht gelungen mit seinen Sternenzerstörer, ein flüchtendes Rebellenschiff aufzufinden. Er funkt daher vorsorglich zum Admiral: "Schiff nicht gefunden, bereite darauf Vader vor!"

Der Admiral funkt zurück: "Vader vorbereitet, bereite dich vor!"

Ein Sturmtruppler spricht Vader an.
Sturmtruppler: „Du schwarz."

Vader: „Ich weiß."

—

Frage: Was ist das: „Ha, ha, ha, haaaa.... AGGGHHHH! Röchel.."?

Antwort: Ein imperialer Offizier hat über Darth Vader gelacht.

—

Frage: Welche Star Wars Figur arbeitet in einem Restaurant?

Antwort: Darth Waiter

Frage: Wie nennt man ein Brot das dunkel geworden ist?

Antwort: Ein Vader Toast.

—

Frage: Warum engagierte Darth Vader einen Zahnarzt um die Sturmtruppen zu trainieren?

Antwort: Weil dieser gut im Drilling ist.

(Drilling (engl.) = Bohren und Drill = hart trainieren)

—

Frage: Wo geht Vader am liebsten einkaufen?

Antwort: Im Darth Maul.

(Maul wird ähnlich ausgesprochen wie Mall im englischen, und Mall (engl.) = Einkaufszentrum)

—

Frage: Was ist die bevorzugte Waffe von Darth Vader?

Antwort: Die *Venus* Fliegenfalle.

-

Frage: Warum wird Darth Vader als der dunkle Lord bezeichnet?

Antwort: Weil er zu viel Zeit im Solarium verbracht hatte.

-

Frage: Welchen Kinofilm sieht Darth Vader am liebsten?

Antwort: Men in Black

-

Palpatine: "Lord Vader!"

Vader: "Ja, Master?"

Palpatine: "Rise!"

Vader: "Aber ich will Nudeln..."

(rise (engl.) = wachsen) klingt ausgesprochen so ähnlich wie Reis)

-

Frage: Was steht auf dem Aufkleber hinten am Sternenzerstörer von Darth Vader?

Antwort: „Sith Happens".

-

Vater-Sohn Gespräch zwischen Vader und Luke.

Vader: „Komm auf die dunkle Seite der Macht, wir haben Schokotörtchen!"
Luke: „Komm zu mir auf die helle Seite der Macht, wir haben Vanilletörtchen!"
Vader: „Komm Luke lass uns ein Bündnis schließen um den Imperator zu

stürzen. Zusammen werden wir eine mächtige Schoko-Vanille Torte erschaffen!"

-

Die Forschung staunt: **Ewoks** genetisch verwandt mit Kapuzineräffchen!

Frage: Was haben die Ewoks während der Schlacht von Endor gesagt?

Antwort: „Imperiale fliegen heute tief!"

-

Frage: Wie kommunizieren Ewoks über lange Distanzen?

Antwort: Mit Ewokie Talkies.

—

Frage: was ist die Lieblingsgeschichte der Ewoks?

Antwort: Goldlöckchen und die drei Bären.

—

Frage: Welches ist der Lieblings-Sportverein der Ewoks?

Antwort: Die Eisbären Berlin

—

Frage: Welches ist der Lieblingsfilm der Ewoks?

Antwort: Kung-Fu Panda.

—

Frage: Was ist der meistgenutzte Kochtopf auf Endor?

Antwort: Der e-Wok

-

Frage: Wie nennt man einen Ewok der furchtbar übel gelaunt ist?

Antwort: Einen Zwerg-Grizzly.

-

Frage: Was sagte der Ewok, als er den Missionar kochte?

Antwort: „Heiliger Rauch!"

-

Frage: Was sagte der Ewok als er Anakin serviert bekam?

Antwort: „Oh ein Kindermenü!"

—

Frage: Was hat der Ewok gesagt als einen fetten Ami gesehen hatte?

Antwort: „Oh ein McDouble."

—

Fragte Baby-Ewok: „Bin ich zu spät zum Essen?"

Antwortete Mama-Ewok: „Ja, jeder-Mann wurde schon gegessen."

—

Frage: Warum laufen Jawas immer verhüllt herum?

Antwort: Weil es in Wirklichkeit Ewoks sind!

—

Hochzeit zwischen einem Ewok und einem Rancor. In der Hochzeitsnacht erleidet der Rancor einen Herzinfarkt und bricht tot zusammen.

"Verdammt!", flucht der Ewok. "Gerade mal fünf Minuten Spaß - und nun darf ich mindestens drei Jahre lang ein Grab schaufeln."

-

Frage: Was nutzt eine Bantha-Dame wenn sie ihre Tage hat?

Antwort: Ein Ewok

-

Frage: Wo hat ein Ewok das meiste Fell?

Antwort: Außen.

-

Frage: Warum fiel der Ewok vom Baum?

Antwort: Weil er tot war.

-

Lese-Rechtschreibschwäche:

Prinzessin heiratet Ananas statt Anakin!

Frage: Was wollte Amidala schon immer einmal werden?

Antwort: Miss Universe

-

Frage: Warum ging Prinzessin Amidala zum Zahnarzt?

Antwort: Sie brauchte eine neue Krone.

—

Frage: Welches ist der Lieblingsfilm von Prinzessin Amidala?

Antwort: Sissi.

—

Frage: Welches ist der Lieblingssänger von Prinzessin Amidala?

Antwort: Bruno Mars.

—

Frage: Wie heißt der Vater von Padme?

Antwort: Papame.

Das **Imperium** sieht schwarz – Die dunkle Macht ist überall!

Frage: Wie nennen es Engländer, wenn das Imperium eine Rebellenflotte angreift?

Antwort: TIE-Time!

(Tie klingt ähnlich wie Tea (engl.) = Tee; Tea Time (engl.) = Zeit für Tee)

Frage: Was ist die Lieblingszeitschrift im Imperium?

Antwort: Naboobies

—

Frage: Warum verliert das Imperium im Film immer?

Antwort: Na, der Klügere gibt nach. ☺

—

Frage: Wie nennt man die Fluchtkapsel eines Sternenzerstörers die nur für eine Person gebaut wurde?

Antwort: Ein iPod.

—

Einen neuen Anzug kaufen: 300.000 Credits

Sich einen TIE-Fighter zulegen: 1.600.000 Credits

Einen Todesstern zur Unterdrückung der Galaxis bestellen: 999.000.000.000 Credits

Die Senatorin schwängern und dann abhauen: Unbezahlbar...

Es gibt eben Dinge, die kann man nicht mit Geld kaufen...

-

Frage: Warum haben die Rebellen den Energieschild des Todessterns zerstört?

Antwort: Na, das Imperium muss Strom sparen.

-

Frage: Warum brauchen die Imperialen immer Kartoffeln wenn sie gegen die Rebellen kämpfen?

Antwort: Weil sie denken, dass sie auf dies Weise keine Tomaten auf den Augen bekommen.

-

Frage: Was steht im Vertrag der Imperialen Offiziere?

Antwort: Wenn du einen Rebellen entkommen lässt bekommst du drei Wochen Playstation Entzug!

-

Frage: Warum heulen die Tie-Fighter so?

Antwort: Weil sie zu ihrem Mutterschiff zurück wollen.

-

Sagt der Rebell zum Imperialen Offizier: "Wir sind ein Volk!"

Antwortet der Offizier: "Wir auch!"

-

Ein Imperialer Offizier bewirbt sich bei "Wetten dass..." mit der Wette, dass er einen Rebellen mit einem Streichholz innerhalb von 3 Minuten erschlagen kann.

"Und was machen Sie, wenn Sie es nicht schaffen?", fragt der Moderator.

"Dann tritt Plan B in Kraft und ich nehme einen Holzbalken..."

-

Frage: Warum fliegen Piloten so ungern TIE-Fighter?

Antwort: Weil diese mit Windows als Betriebssystem fliegen und es so oft abstürzt.

—

Wahnsinn! **Jawas** lösen Kutten Modetrend unter den Jedis aus!

Gehen zwei Jawas unter einer Bar....

—

Frage: Mit welchem Slogan bewerben Jawas ihre Hotels?

Antwort: Wenn sie morgen zu uns kommen, ist ihr Droide bereits hier!

—

Treffen sich drei Jawas. Sagt der Erste: "guuhhdiii"

Darauf der Zweite: " guuhhdiii "

Kommt ein dritter Jawa vorbei und sagt: " guuhhdiii guuhdiee"

Das sagt der erste Jawa zum Zweiten: "Komm lass uns abhauen. Der quatscht zu viel."

-

Frage: Wozu sind nur Jawas fähig, was sonst kein anderes Wesen im Universum kann?

Antwort: Jawa-Babys bekommen.

-

Frage: Welches ist der Lieblingssport von Jawas?

Antwort: Minigolf.

-

Unbekannte Lebensform im Gehirn von **Jar Jar Binks** entdeckt!

Frage: Wo hat der Name Thunfisch seinen Ursprung?

Antwort: Jar Jar Binks war gerade am Tauchen, als ihn plötzlich etwas zwischen die Beine beißt. Er bemerkt das es ein Fisch war und sagt "Ohhhh was thun Fisch?"

-

Frage: Wer war der Komponist von Stefan Raab's Erfolgshit "Wadde hadde dudde da"?

Antwort: Jar Jar Binks

-

Jar Jar denkt...

...dass der Millenium Falke ein Vogel ist, der nur einmal alle 1000 Jahre fliegt.

...dass der Klonkrieg, immer derselbe ist, der wieder und wieder gekämpft wird.

...dass die ‚Rache der Sith' nach der ‚Rache der Fifth' kommt.

...dass ein Traktor-Strahl von Traktoren kommt.

...dass wenn er auf Lichtgeschwindigkeit schaltet, er zunehmend lichtundurchlässig wird.

-

Frage: Warum reiste Jar Jar zum Pluto?

Antwort: Um Plutonium zu bekommen.

-

Jar Jar und Anakin unterhalten sich.

Jar Jar: „Ich werde zur Sonne reisen!"

Anakin: „Und wie willst du das machen?"

Jar Jar: „Ich werde es nachts tun."

—

Jar Jar: „Ich plane auf der Sonne einen Garten anzulegen."

Anakin: „Wie willst du denn das machen?"

Jar Jar: „Ich pflanze Sonnenblumen."

—

Frage: Warum verließ Jar Jar den Interplanetarischen Club?

Antwort: Er fühlte sich alienated.

(alienated (engl.) = entfremdet; Wortspiel mit Alien)

Skandal! **C3PO** wechselt zur dunklen Seite der Macht!

Frage: Warum konnte C3PO nicht die Tür zu Jabba the Hutt's Palast öffnen?

Antwort: Nicht genug RAM

-

Frage: Warum mochte C3PO das Mädchen so gern?

Antwort: Weil sie immer so geladen war.

Frage: Welches ist der Lieblingsfilm von C3PO?

Antwort: Robots

-

Frage: Warum fühlte sich C3PO krank?

Antwort: In sein Programm hatte sich ein Virus eingeschlichen.

-

Frage: Warum fühlte sich C3PO auch am nächsten Tag noch so krank?

Antwort: Weil irgendjemand Salsa auf seine Chips gegeben hatte.

-

Frage: Wie nennt man einen Droiden der sich eingenässt hat?

Antwort: C3PipiOh!

-

Kommt C3PO zum medizinischen Roboter und klagt sein Leid:

„Ich fühle mich in letzter Zeit so schwach und kraftlos."

Antwortet der Medi-Bot:

„Nimm jeweils zwei Tablet Computer morgens und abends und ruf mich an wenn es nicht besser wird."

-

Frage: Was für eine Musik spielen Droiden?

Antwort: Heavy Metal.

-

Frage: Warum wollte C3PO von der Roboter Dame nichts mehr wissen?

Antwort: Weil sie ihn unter Spannung hielt und elektrisierte.

-

Aufgedeckt! **Klonkrieger - alles nur Spiegeltrick?**

Zwei Klonkrieger befinden sich auf Patrouille. Plötzlich fällt der eine um und beginnt zu röchelt. Der andere funkt sofort den Captain an: "Sir, mein Kamerad ist einfach umgefallen." darauf der Captain: "Nur die Nerven behalten, ich werde ihnen helfen. Zuerst stellen sie mal sicher dass er auch tot ist."

--- Ein Blasterschuss ist zu hören ---

Da meldet sich der Klonkrieger wieder über Funk: „So erledigt, und was jetzt?"

-

Ein Klonkrieger stürmt in eine Bar und fragt den Barkeeper:

„Haben sie meinen Bruder gesehen?"

Darauf der Barkeeper:

„Wie sieht er denn aus?"

-

Warum setzte die Republik während der Klonkriege auf den Planeten Mon Calamari nur noch Nichtschwimmer ein?

Weil diese die Schiffe mit höchster Motivation verteidigen.

Obi Wan: 1000+1 Verwendungszwecke für Lichtschwerter!

Frage: Warum mag Obi-Wan Krebse?

Antwort: Weil er jahrelang wie ein Eremit gelebt hat.

—

Frage: Was sagt Obi-Wan zu Luke beim Essen?

Antwort: "Use the fork, Luke!"

(fork (engl.) = Gabel klingt so ähnlich wie force (engl.) = Macht)

—

Frage: Was steht auf R2s Grab?

Antwort: Roste in Frieden!

-

Was sagt Obi-Wan zu der Sturmtruppenkontrolle, während auf dem Rücksitz seines Gleiters Miraculix und R2D2 sitzen: „Wir dürfen passieren…Wir haben nicht die **Druiden** nach denen sie suchen…"

(Druide = Bezeichnung für einen Zauberer/Heiler aus früherer Zeit)

-

Obi-Wan und Kit Fisto unterhalten sich

Obi-Wan: "Kit, Wieso hast du denn plötzlich so große Augen?"

Kit: "Ich kacke!"

-

Frage: Obi-Wan Kenobi und Darth Vader spielen Schach. Obi-Wan verliert das Spiel. Warum?

Antwort: Weil er noch einen Todesstern als Ersatz für einen seiner Türme ins Spiel eingebracht hat.

-

Lonely hearts: **Boba** sucht Fett!

Frage: Was passiert wenn Leute sich mit Boba Fett anlegen?

Antwort: Sie kriegen ihr Fett weg.

-

Frage: Was ist das Lieblingsessen von Boba Fett?
Antwort: Fettuccini

-

Saure Gurkenzeit auf **Tatooine** – Jedis helfen bei Spargelernte!

Frage: Wohin geht man um sich neue Tattoos stechen zu lassen?

Antwort: Nach Tatooine.

-

Zwei Leute gehen einen langen, engen Canyon auf Tatooine entlang als plötzlich in einiger Entfernung ein

Krayt Drache erscheint und sie zu verfolgen beginnt.

Einer der beiden stoppt, um seine guten Rennschuhe anzuziehen.

"Verschwende nicht deine Zeit!" ruft der andere "Du kannst eh keinen Krayt Drachen im Laufen schlagen!"

"Ich brauch den Drachen nicht im Laufen schlagen" sagt der Erste beim Schuhe zuschnüren.

"Ich muss nur schneller sein als du!"

-

Frage: Warum sind die Häuser der Tatooiner rund?

Antwort: Damit die Hunde nicht in eine Ecke machen können!

-

Frage: Was passiert wenn die Sonne auf Tatooine untergeht?

Antwort: Man hat eine Jedi-Night.

(Night klingt ähnlich zu Knight; Night (engl.) = Nacht und Knight (engl.) = Ritter)

-

Hilfe! Eisbombe auf **Hoth** sprengte Kühlschrank der Rebellen!

Frage: Welches ist der Lieblingsfilm der Bewohner von Hoth?

Antwort: Ice Age.

-

Frage: Wer ist der Nationalheld von Hoth?

Antwort: Der Yeti.

—

Es ist so kalt auf Hoth, dass die Kühe beim Melken keine Milch, sondern Eiscreme geben.

—

Frage: Aus was werden die Häuser auf Hoth gebaut?

Antwort: Aus Snowboards

—

Jedi macht sich selbstständig: Luke Todesstern Zerstörung Services GmbH

Luke macht gerade einen Trainingslauf auf dem Sumpfplaneten im Dagobat-System und trägt dabei Yoda auf seinem Rücken. Plötzlich merkt Luke wie etwas Warmes seinen Rück runterläuft und fragt deshalb Yoda:

„Sag mal, hast du etwa meinen Rücken entlang gepinkelt?"

Antwortet Yoda:

„Nein, regnen es tut."

-

Luke schwebt mit seinen Gleiter knapp über dem Boden von Tatooine. Auf einmal erblickt er ein goldenes Männchen. Luke stoppt den Gleiter und fragt wo es hin will, da antwortet es: "Ich bin nur ein Haufen alter Schrott und brauche Öl!" Daraufhin gibt Luke dem alten Roboter etwas Öl und macht sich wieder auf den Weg. Einige Kilometer weiter entdeckt Luke plötzlich ein silbernes Männchen. Luke hält an und fragt: "Brauchst du etwas?". Da antwortet es: "Ich bestehe nur noch aus altem Schrott aber es wäre notwendig dass man bei mir eine lockere Schraube nachzieht!" Luke dreht beim Roboter die Schraube nach und düst anschließend mit seinen Gleiter weiter. Kurz bevor er Mos Eisley erreicht, sieht Luke plötzlich ein weißes Männchen. Luke ruft ihm zu: "Und was willst du, du alter Schrotthaufen?" Da antwortet das

Männchen: "Im Namen des Imperiums, Zulassung und Papiere bitte...!"

-

Frage: Was war Luke´s wirkliches Geschenk an Jabba in ‚Return of the Jedi'?

Antwort: Ein 100 Jahre-Gutschein für die Mitgliedschaft bei Weight Watchers!

-

Ventress und Rex unterhalten sich.

Ventress: „Wo ist Skywalker?"

Rex: „Da wo du nicht bist."

-

Achtung!

Halte ein Lichtschwert niemals an der Seite mit der Klinge!

-

Frage: Was hat Luke nach dem Ende von Episode V dringend gesucht?

Antwort: Einen Second-Hand Laden.

-

Facebook-Eintrag von Luke:

„Darth sagte mir, dass wenn ich nicht 1 Million Likes bekomme, er mir dann sagen würde wer mein Vater ist. Bitte helft mir!"

-

Frage: Warum überquerte Luke Skywalker nicht die Straße?

Antwort: Weil er das Ticket für Skywalking hatte.

—

Frage: Was sagt Obi-Wan zu Luke wenn er die Pommes ohne Alles essen will?

Antwort: Gebrauche die Soße Luke!

—

Luke beim medizinischen Support der Allianz.

Luke: „Meine Hand schmerzt immer wenn ich sie öffne und schließe."

Darauf der medizinische Droid:

„Öffne und schließe die Hand nicht."

—

Frage: Was sagt Darth zu Luke, nachdem er die Bohnen gegessen hatte?

Antwort: „I'am your farter!"

(farter (engl.) = Furzer wird im englischen ähnlich ausgesprochen wie father (engl.) = Vater)

—

Frage: Was sagt Darth zu Luke?

Antwort: „Du bist so ein heller Kopf, ich werde dich *Sunny* nennen."

—

Frage: Woher weiß Luke, dass es bald anfängt zu regnen?

Antwort: Wenn die **Sturm**truppen kommen.

—

Frage: Was ist die Lieblingsshow von Luke?

Antwort: Suche nach dem nächsten Star.

-

Frage: Was hat Luke so glücklich gemacht, als er die Magnetfabrik besucht hatte?

Antwort: Er hat mit seiner Gürtelschnalle aus Metall die Macht spüren können.

-

Frage: Warum musste Luke alles wiederholen, als er mit den Rebellen von Hoth gesprochen hat?

Antwort: Weil er mit ihnen auf der ‚Echo Base' gesprochen hat.

-

Ein Sturmtruppenpolizist hält Luke in seinem Gleiter an und sagt:

„Haben sie nicht den Pfeil gesehen?"

Darauf antwortet Luke:

„Wieso, gibt es hier Ewoks?"

-

Frage: Wohin geht Luke wenn er mal einen Kaffee trinken will?

Antwort: Er geht in die ‚Java Hutt'

-

Frage: Wonach greift Luke Skywalker wenn es dunkel wird?

Antwort: Nach dem Lichtschwert.

Planetarische Abenteuer! Kleiner Mond kreist um Jabba!

Frage: Wie nennt man es, wenn zwei Mercedes Autos zusammenstoßen?

Antwort: Krieg der Sterne.

—

Frage: Was solltest du nicht vergessen, wenn du vor Boss Nass stehst und er dich anschimpft?

Antwort: Einen Regenschirm.

Frage: Was erhält man, wenn man ein Rancor mit einem Gamorreaner kreuzt?

Antwort: Ein Wesen, das grunzt, bevor es dich frisst.

-

Frage: Warum lacht der Salacios Crumb andauernd?

Antwort: Irgendetwas muss er ja machen, wenn er schon nicht denken kann!

-

Frage: Wie nennt man die Person welche dem Rancor das Essen bringt?

Antwort: Vorspeise.

-

Frage: Warum überquerte der Bantha den Fluss?

Antwort: Um auf die andere Seite zu kommen.

–

Frage: Warum flog der Meteor nach Hollywood?
Antwort: Er wollte ein Star werden.

–

Frage: Was passiert wenn zwei Menschen mit Linsentrübung wütend aufeinander sind?

Antwort: Star Wars.

(Linsentrübung wird in der Fachsprache als ‚grauer Star' bezeichnet)

–

Frage: Woher kommen die Geister in Star Wars?

Antwort: Na-Boo!

-

Frage: Womit fliegen die Einwohner von Thailand?

Antwort: Mit Thai-Fighters.

-

Frage: Warum ist ein Droiden-Mechaniker niemals einsam?

Antwort: Weil er sich immer neue Freunde bauen kann.

-

Der Schild-Generator des Todessterns kommt in eine Bar. Der Barkeeper blickt finster und sagt:

„Ok, ich bediene dich, aber wehe du startest hier irgendwas!"

-

Ende

Weitere Bücher von Theo von Taane:

Titel	ISBN
Minecraft Witzebuch	9783738612332
Minecraft Witzebuch 2	9783739211206
Minecraft LOL Witze	9783739211305
Minecraft Witze – Frisch gecraftet	9783739222394
Minecraft Rätselbuch (8-14 Jahre)	9783739218267
Minecraft Rätselbuch II (8-14 Jahre)	9783739246130
Minecraft Offline Spiele (8-14 Jahre)	9783738647204
Minecraft Quizbuch	9783839130797
Minecraft Quizbuch II	9783839130810
Minecraft Rekordebuch	9783739229638
Minecraft Mathe Ausmalbuch	9783739229744
Minecraft Hausaufgabenbuch	9783732232833
Minecraft: Unter der Herrschaft Roms - Aufstand in Germanien (Roman) (8-99 Jahre)	9783741238369
Minecraft: Eiszeitjäger - Auf der Fährte des Löwen (Roman) (8-99 Jahre)	9783741207211
Minecraft Notizbuch (liniert)	9783738628852
Minecraft Notizbuch Enderdragon (Spielebogenpapier für Minecraft Offline Spiele)	9783739228709
The Walking Dad Witzebuch (12-16 Jahre)	9783739213507
Weltbester Radfahrer - Notizbuch	9783738610161
Weltbester Inline Skater - Notizbuch	9783738610178
Weltbester Skifahrer - Notizbuch	9783738610185
Weltbester Snowboarder - Notizbuch	9783738610192
Weltbester Sportler - Notizbuch	9783738610208
Weltbester Surfer - Notizbuch	9783738610215
Weltbester Taucher - Notizbuch	9783738610222
Weltbester Tennisspieler - Notizbuch	9783738610239
Weltbester Volleyballer - Notizbuch	9783738610246
Weltbester Wassersportler - Notizbuch	9783738610253

Und noch mehr Bücher von Theo von Taane:

- 2 in 1 Basketball Notiz- und Taktikblock ISBN: 9783734748110
- 2 in 1 Eishockey Notiz- und Taktikblock ISBN: 9783734748387
- 2 in 1 Feldhockey Notiz- und Taktikblock ISBN: 9783734748844
- 2 in 1 Fußball Notiz- und Taktikblock ISBN: 9783734748851
- 2 in 1 Futsal Notiz- und Taktikblock ISBN: 9783734748868
- 2 in 1 Handball Notiz- und Taktikblock ISBN: 9783734748875
- 2 in 1 Lacrosse (w) Notiz- und Taktikblock ISBN: 9783734748882
- 2 in 1 Lacrosse (m) Notiz- und Taktikblock ISBN: 9783734748905
- 2 in 1 Korbball Notiz- und Taktikblock ISBN: 9783734748936
- 2 in 1 Schach Notiz- und Taktikblock ISBN: 9783734748950
- 2 in 1 Squash Notiz- und Taktikblock ISBN: 9783734748974
- 2 in 1 Tennis Notiz- und Taktikblock ISBN: 9783734746406
- 2 in 1 Tischtennis Notiz- und Taktikblock ISBN: 9783734748967
- 2 in 1Volleyball Notiz- und Taktikblock ISBN: 9783734748981

Motiv Notizbücher von Theo von Taane:

Titel	ISBN
Weltbeste Tennisspielerin	9783738610055
Weltbester Angler	9783738610062
Weltbester Bauarbeiter	9783738610079
Weltbester Eishockeyspieler	9783738610086
Weltbester Gärtner	9783738610093
Weltbester Golfer	9783738610109
Weltbester Jäger	9783738610116
Weltbester Judokämpfer	9783738610123
Weltbester Karatekämpfer	9783738610130
Weltbester Kraftsportler	9783738610147
Weltbester Läufer	9783738610154
Weltbester Radfahrer	9783738610161
Weltbester Inline Skater	9783738610178
Weltbester Skifahrer	9783738610185
Weltbester Snowboarder	9783738610192
Weltbester Sportler	9783738610208
Weltbester Surfer	9783738610215
Weltbester Taucher	9783738610222
Weltbester Tennisspieler	9783738610239

…weitere Titel verfügbar und aktuell in Vorbereitung.

Von Theo von Taane gibt es weit mehr als 200 Witzebücher, Notizbücher, Romane, Spiele, Tools, Sportbücher und Kalender.
Im Store einfach mal nach „Taane" suchen.

Viel Spaß!!